沙灘組曲

趙迺定　著

趙迺定詩集早期作品之二

自　序

　　個人於二〇〇八年在《笠詩刊》第264期有一篇作品〈文學、藝術與人文素養〉，其結尾部分可再予詳述：有人文素養的人，不一定有文學素養或藝術素養；也就是說，他不一定會創作文學或藝術作品，甚至於連鑑賞能力都沒有，但是他卻是具有人文素養的人——他有發自內心的單純、誠實、關心、體恤、樸素、濟弱扶傾等優良品德。個人年輕時，曾騎腳踏車途經海口新港。當時正是豔陽高照之時，而那些當地的農人們、漁人們，正於樹蔭底下休息、納涼、吃午飯；他們見我經過，都熱情的招呼著：「來吃飯啦！」他們如此的對待一位素未謀面的陌生人，對我來說，那確實是太震撼、太讓我感動了。

　　雖說有人文素養的人，不一定會創作或鑑賞文學或藝術作品；但培養文學素養或藝術素養卻是踏進人文素養的捷徑之一，有助於提昇個人人文素養之養成。同時，有文學素養或藝術素養的人，其創作之作品或其鑑賞力固為具有人文素養之內涵，但並非具有文學素養或藝術素養的人，就很有人文素養之內涵。

　　文學包含詩、詞、曲、散文、小說等，而藝術則包含音樂、繪畫、舞蹈、雕刻、電影等；以上之創作作品或其鑑賞，並非

物資性之生產、改良。既不能當飯吃，也不能當衣服穿；但卻可以使人獲得在精神上或在心靈上的滿足。因為當我們去欣賞或領會那些文學或藝術之美，就足以使我們感到愉快或慰藉。

以文學中的詩來看，前成功大學黃永武文學院長在其著作《詩與美》中之〈詩與生活〉一文，就提出了詩具有使人「脫離實用關係去欣賞生活」、「提供心靈以悠閒的片刻舒展」、「點化自然現實為藝術的美景」、「以一種新的思考角度給人警悟」、「改變習慣性的語言給人喜愕」、「藉共鳴作用帶給心靈以宣洩與慰藉」、「藉同化作用感到賢哲與我同在」、「藉移情作用感到人與自然一體」等功效。當我們去欣賞領會詩，從其創作，欣賞、品味、學習與吸收，我們就可以逐漸強化我們個人的人文素養；同樣的，當我們去創作、學習、欣賞其他的文學或藝術，其效果是相同的。文學工作者除積極建構人文素養為其作品內涵以外，就一般的個人之人文素養，則應著重於付諸實踐。同時，所謂的人文素養，常是個體對個體的感受，而個體的感受亦常會因人而異，所以人文素養具有包容性，亦具有可變性。

歷經半個世紀的體驗，個人是越來越認為人生是一個「可笑」的笑話。在陳玉峰的《土地倫理與921大震》一書中，其〈土地倫理〉一文，寫到：「三十多年前，老家北港近鄰的漁村、荒沙聚落如三條崙、四湖、飛沙等地，三十餘艘漁船出海，遭遇颱風而全數翻覆，該等村落幾乎家家戶戶辦喪

事，許多家庭更是辦那種沒有屍體的喪事。愁雲密布的氣氛中，也佇足聆聽法事、嗩吶、鐃鈸的樛繞。」「奇特的是台灣婦人在喪葬、祭拜儀式中呼天搶地的哭號，往往尾隨道士手勢，收放自如，她們可以哀號慺屬但不落一滴淚水。也可立即消音而回首談笑風生，手打四色牌而搬弄是非。當年我無法理喻，認為其極為虛假作態。」其實不光婦人如此，應該說所有的人生都是如此。「然而，歷經二、三十年草莽鄉野的研究調查生涯，逐漸體會理性思惟與生活情愫的相容或相悖的交纏或弔詭……。」

　　人的一生，不管你在世時是多大的官，多麼叱吒風雲，擁有多大的財力事業，擁有多大的生殺權威，也或者只是販夫走卒、一貧如洗，生不如死，到頭來兩腿一伸，什麼也都不是你擁有的了，什麼也都不是你欠缺的了！哪還談什麼功名、成就、權威、財富、事業！

　　個人半個世紀以來，曾從事詩、散文、小說、兒童文學及評論等之創作，期待關懷、美化人生；茲將個人一九九〇年以前之作品，先行整理結集，分為《南部風情及其他——趙迺定散文集早期作品之一》、《麻雀情及其他——趙迺定散文集早期作品之二、》、《鞋底·鞋面——趙迺定詩集早期作品之一》、《沙灘組曲——趙迺定詩集早期作品之二》、《賞析詩作評論集》、《賞析詩作評論集（二）》、其中前三集已由釀出版，而後二集則於文史哲出版。此外，另有《森林、節能

減碳與土地倫理》（詩集）及《人生自是有路癡》（文論集
一），也已於文史哲出版。

　　而這種創作與整理、出版的工作，雖說也是一種非常
「可笑」的作為，但其目的無非是在記錄個人這個「可笑」的
一生，便利研究者及鑑賞者有充分資料品評，個人存在的當代
的點滴。

　　　　　　　　　　　　　　　趙迺定謹記　　2013.03.03

045 登山野外輯

動物輯

一隻麻雀啾啾

一隻麻雀自樹叢激射而出
一個彈弓射出一個小石頭
望天碎麻雀一頭顱腦漿
童年無知

蔭不到樹蔭的一隻麻雀
自四樓電線桿上掉下
一個箭步射出一掌的俯拾
掌住一隻麻雀碎了一城車囂人叫聲
於路與樓縱橫交錯之間
引爆一片田野鄉村
壯年的期望

（刊笠第80期1977.08）

虱目魚

海洋何其大，海生物何其多
竟把我用小塘圍堵豢養
用糞便
難道是可以活在海水活在淡水的原罪

（刊笠第93期1979.10）

畫眉鳥

從深山抓來囚入籠中

為的是想聽他們的鳴囀

把他和她個個分離囚禁牢裡

互不親近

更不要下蛋

為的是聽他們的鳴囀

剝奪自由阻斷後代

為的是鳴囀

哀戚之音

你就高興了

（刊笠第93期1979.10）

六福村的一隻猴

這可好，大籠裡
你我同囚一室
我乃急速攀上你的車，且隨你漫步
我乃飛躍上你的車，接食你的花生
而踩在你的頭，且把一灘灘黃泥巴印上你
寶藍的車蓋

而你被新鮮的戲弄
乃哈哈大笑
一向被你站在籠外瞧的
其實那時刻
是你看我，還是我觀你？

別遺忘你有眼我有眸

天下本無主從

你我不都是被囚者

——在這六福村裡

（刊陽光小集第4期1980秋季號）

籠中猴

一向被站在籠外瞧的
我，以優雅步伐漫步
不如雷暴跳的
把籠往外囚去

於是你看我看
我瞪你瞪

一向被站在籠外瞧的
我，把籠往外囚去
以優雅的漫步成
籠成無形
乃羽化

是誰人在戲弄？是誰人被戲弄？
在這人世間

一個被站在籠外瞧的
我，把籠往外囚去

（刊陽光小集第4期1980秋季號）

蛙

一缸的蛙逃走
遁在星輝下
把躁急和不安
叫賣成
呱呱呱

於是
死寂的夜
更死寂

（刊文藝月刊第156期1982.06）

植物輯

一株立高處的松

——南橫記遊之一

吹一口氫氣吹一口雲朵

一株立高處的松

望正眺望的雲望零落的葉

山腳不在山下山腳不在了

山脈脈峰峰雲縷縷朵朵

此處山凝雲而雲卷卷

座座簪立山頭隱隱現現

飄忽過縷縷氫氣

山脈脈峰峰雲縷縷朵朵

隱隱現現迴轉蜂腰環山而抱

一株立高處的松是一幅畫

一塊岩亦是畫

而處處是松處處岩

岩乃斑剝粗魯頑童幻現

頑童乃女巫掃帚魅魑

一株立高處的松平伸枝枒仰望

仰望山洞猙獰獠牙以被削切的不規則的岩

裸體的粗魯

一株立高處的松環繞氤氣

一株立高處的松是一幅畫

松畫

（刊野外雜誌第83期1976.01）

蛇 木

在看似嬌柔的蕨類中
在闊葉樹或者蘆葦的草叢裡
你低矮的身子挺直
——你的幹是那鐵灰
——你的葉是那墨綠

山風吹過不見你低頭
山雨飄來不見你掩遮
生在你是貞節
總以傲然的幹與葉迎向
日月光輝

死在你仍是奉獻——
我常見你迎笑在花木苗圃裡
你那被切割的心將是植蘭的根基

（刊自立晚報1981.05.03／2009.10收入《台灣自然生態詩語植物
篇》，行政院農委會林務局）

颱風草

這可奇怪
郊外的颱風草知道城裡今年
颱風幾次來

由不得你不信
因為它們都是說同樣話的人——
這個葉兒橫一畫，那個葉兒只一紋
這堆葉子橫三紋，那堆葉子不敢加到四畫

山徑旁的颱風草
躲在茅草堆中不起眼
而登山路過的人偏要駐足介紹
指指點點

是否因為它們是講官話的預言家
還是城裡沒有颱風草
人人都不知道

（刊自立晚報1981.05.03）

一個斗笠掉落在路橋中

一個斗笠掉落驚不醒鳥叫
這裡沒雀鳥
一個斗笠掉落喚不醒頑童
頑童已沒夢想

一個斗笠掉落路橋中
笠葉簇新
車仍馳白眼冰冷
一個空洞漠視
盈滿一萬個斗笠在路橋中
綠色音符飄動
田野茅屋是窗帘風景
綠色音符飄動在夢中

一個斗笠掉落路橋中
瞻畫中樹窗帘葉
四周匆急死灰

鄉誼已塵封泥巴久遠

天藍雲白

日子相同地域不同

一個斗笠掉落

沒足踝的足踵

深呼吸只有縷縷油煙仲夏燠熱氣

笠葉飄飄隨風旋過

碎碎心碎

（刊笠第63期1974.10）

鄉　思

踩細碎步伐於重慶南路淡淡霓虹燈下
方塊磚血紅沉穩
很靜，只偶來車聲三兩
影子很長，可是十五夜？

抬頭想望明月
猛見榕樹修剪圓整
故鄉大榕樹可依舊？
南國椰子樹餐北國風沙
但見椰幹微顫

一樣明月一樣藍天
離了海的海水終要死亡
驟聞南下火車汽笛聲響
南下火車南下
去吧，離了海的海水

（刊笠第63期1974.10）

巨榕上之眺

以手支撐將身體往上送
以掌握實枝幹
身體上移再上移
一步步不留痕跡
在不動的大地扶搖而上至最遙遠的地方
有車有排排木麻黃
那兒人只一丁點那兒牛似貓
當我登上兩人合抱巨榕樹
站在搖晃巨榕尖
一切都凝縮僵住

抱欣悅我歡暢
以手支撐將身體往上送
以掌握實枝幹上移再上移
就像非要爬到枝幹盡頭
擁有車擁有排排木麻黃
擁有小人國在閃耀

擁有一切

童稚的心愛爬高望遠

是不知下墜的悲傷

可不知老了還爬不爬得高

（刊笠 第69期1975.10）

仰頭探首不問今夕

淺灰黑板寫上雞兔問題
一個個算術式西風聚攏的秋葉
我該品嚐無魘
卻是三月太陽破不了霜天

碩長白髮白過粉筆灰他書寫復書寫
而粉筆灰激射向我來
再也裝不了一頁書葉
書包飄鬚仰頭探首只不問今夕
今夕明夕同是馱負不增減的無理
待何時洗棄旅塵

淺灰黑板寫上雞兔問題
一個個算術式是西風聚攏秋葉滿地落
三月太陽破不了霜天
今夕明夕同是馱負不增減的無理
待何時棄旅塵

（刊笠第69期1975.10）

夾克的盼望

擠向五分仔車矮小候車亭
鐵軌昨夜露水涼冰冰
風廝殺沙廝殺挺胸膛
哆嗦在十二月脊骨裡
瞄一眼四方聚攏的夾克
一聲嘆息
齒與齒碰撞戰慄

瞄一眼四方聚攏的夾克
夾克聚攏火舌暖了穿衣人肌膚
卻冷了穿制服單薄的我的心
鐵軌沾昨夜冰涼露
風廝殺沙廝殺
待何時夾克懂我心暖我肌膚

（刊笠 第69期1975.10）

畫豆鬼

剝棄焦黑豆莢和泥沙在屋簷下
茅草灰灰佇立
半青半枯豌豆園一角
田畦爆裂層層龜殼
龜殼昂首向十二月的天
燃一朵野火
將豌豆爆成劈拍劈拍響

飲歡唱寫意澗流中
剝個豌豆嘴裡送
嚙一口童稚享一口豆香
划個拳畫個豆鬼
將時間擠碎用兩顆童稚的叫囂
你輸我畫我輸你畫
畫個八字黑黑在你臉
畫個王字黑黑在我額
沒有時間沒有天地

天地只在你我間

風悠悠送來一股泥土芬芳

風悠悠送來一股溪流清澈

（刊笠第69期1975.10）

地瓜湯

切一小丁小丁加些水
擺爐上

瓦斯也方便，沒兩下
鍋裏咕嚕咕嚕的響
散發一片清甜味充滿房間
也和點糖
於是金黃湯汁更濃郁

營養家說地瓜治便祕
其營養價值不亞於大白米飯

我望望電視冰箱還有洗衣機
地瓜還是地瓜
二十年前餐餐地瓜
那時切盼吃一碗大米飯

不加地瓜簽的
只要加點醬油也不用蘿蔔乾

二十年後餐餐大米飯
不能有沙石
還要雞鴨魚肉
且把三餐當義務看待

二十年後的今天
米飯吃膩了
或者聽信營養學家指示
偶而吃些地瓜
說是即營養又防便祕

地瓜呀地瓜
二十年前是地瓜
二十年後仍是地瓜

（刊笠第99期1980.10）

西　風

啊，西風
莫吹襲
莫把落葉吹落滿地
滿地落葉
了無生氣

啊，西風
莫吹襲
莫把冬寒吹在破落戶的屋裡
那屋裡守寡的老婦
已夠淒涼沒溫暖意

啊，西風
莫再吹襲──你若能早離去
我那鄉愁將埋心底

（刊台灣日報1981.04.15）

旅　塵

每個夜晚總想把覆身的旅塵揮去
回到母親故鄉的懷裡
看看宅前大榕樹的搖曳
瞧瞧院後肉豆棚上
那一串紫色白色的花

每個夜晚總想親手把覆身的旅塵揮去
回到故鄉母親的身旁
看看慈母銀白的髮
撫一撫慈母生繭的手心

每個夜晚總想親手把覆身的旅塵揮去
回去看一眼
每個夜晚總是憚忌鄉愁太濃烈
會把我的心撕碎

每個夜晚總想親手把覆身的旅塵揮去

可是旅塵

仍駐夢裡

（刊台灣日報1981.04.15）

鄉　愁

開窗對月的那一天
正是月兒朦朧雲淡黃
一如家鄉
於是我遍嗅含木麻黃腐味
靜謐的氣流
於是我遍尋那三人合抱的大榕樹
和樹下年幼的蹤影
沒有酒醉更不飯飽
家鄉只有清風和水流

開窗對月的那一天
我瞥見聳天大樓
以及一雛鳥迷失在高壓線上
乃傾酒邀月欲探故鄉事
那裡清風和流水是否如故？

可是朦朧的月和淡黃的雲依舊佇立窗口

一如家鄉日

僅拋來滿窗櫺的鄉愁

植在花盆的鄉土上

（刊文藝月刊第152期1982.02）

登山野外輯

拔刀爾山之行

——記1973.03.11拔刀爾山之行

1

浮游於人海，追尋重追尋
忘不見閃耀的眸——
可是船的擱淺？唉！雨茫茫

2

塞進陌生的風沙，踩在陌生的風沙
閃耀的眸迷航
而我仍想摘根拔刀爾山之草

3

囊以茶葉蛋加幾粒番石榴
我乃步往粗獷的山歌

4

洗眼於碧綠的李樹

三月的新綠已抖落

回頭佇望——

大桶山正環著幾縷綿絮

5

一路上坡，一路上坡；

偶見麻筍林搖曳，偶見草莓金黃

6

山更深，林更密

腳下腐葉沙沙的在擴大

——這是死寂的空間，這是死寂的呼吸

7

氤氳冉冉下降，朦朧的樹影朦朧

8

舔著醇醇的氣，我乃畫泉水於乾涸的澗床
且咬一口番石榴，且潤一口番石榴的汁
何來傻勁而朗笑？

9

「莫望拔刀爾山在前招手！」我提醒自己。
──足踝摩擦著登山鞋
陣陣心寒疼痛湧出
再踏前吧，再踏前

10

驟然傳來一股歡呼──
「到啦，拔刀爾山到啦！」

11

就那麼靜靜的躺在密林中
就那麼寫自己於靜謐中
啊，拔刀爾山啊！

（刊中華登山第10期1973.07／刊野外第54期1973.08／迺萊）

未完成作品

1

匆忙追逐時刻的馬尾
我是一條迷航的魚，乃迷失於北門的深澳
何處是碧綠海草？
曾聽說那海草長在車的棚架下
可是錯誤總是長在健忘裡
也許在東？或許在西

盲目的晃著，就以機運去測候
突然瞥見淺藍上衣，突然瞥見畫架
我乃知海草正滋長

2

眼見雨正下
而我們仍在豪笑
笑那蒼天的戲謔

3

走入仙洞，一股清涼觸及鼻尖
濕濕的涼氣充塞──

觀那釋迦壁雕，觀那藝匠的自許
我乃知肅穆與朗笑同在

曾聽歲月走失，曾聽壁雕浮現
我乃知藝匠粗碩的臂膀
與滿含藝氣的心同在

4

揹畫架，走那級級的階──
雨濛濛，畫架更濛濛

未完成的作品抖落，自畫架之上

有無一線之隔，若有即若無

何必憚忌今日之未完成？

後記：1973.08.19與青年畫家陳珊珊往基隆拜訪青年雕塑家李雲龍而作

（刊野外雜誌第56期1973.10／迺萊）

硬漢，到硬漢嶺去！

山的召喚在呼喊，原野的碧綠在雀躍
揹以歡笑，囊以虔誠
我們乃以快步走入
登山人潮
蝶蛹的翼在心中鼓動
一份虔誠祝福在飛揚

看旌旗招展，聽歡笑似海濤
蜂湧浪激踩在層層的階
無盡的階還展現
往前一步就接近一步
向上再向上

階旁相思樹抖落點點清爽
葉搖曳枝搖曳我們的笑靨搖曳
古老凌雲寺塗以肅穆

淡淡的斑剝展露歷史光華
偶而有樹蔭載舞

看！「到硬漢嶺去」
聽！那筆直的箝入
一股豪雲昇起一股熱血沸騰
被奚落的小徑載滿人群
黝黑的泥巴在腳底匍匐

又是層層的階
覆著碎石的階在腳下滑動
膽識與耐力在迫你向前推進再推進
走吧！到硬漢嶺
成硬漢
七十度的坡
層層的階在你腳下

層層的沙剝落
響動的是沙石相擊
響動的是一群硬漢的心躍

迴轉於羊腸，萬壽菊盛開
細緻的無聲息的
似刀的蘆葉翩翩起舞
突見硬漢嶺橫阻眼前
以一種駝峰的溫馴佇立

踏上硬漢嶺
淡水河蛇蜷腳下碧綠清澈
幢幢屋宇宛如一個個盒子
偶有蕈狀的樹錯落
涼風徐徐吹吻耳際
一襲透骨的輕鬆擴大
美麗的山河，歡欣的心靈

讓我們歡唱讓我們飛翔

讓我們在硬漢嶺歡唱飛翔

（刊野外雜誌第58期1973.12／迺萊）

浪跡・鱷魚頭岩

曾記得很年輕時寫流浪於心中
曾記得很年輕時刻三弦琴於腦海
醉，流浪者粗獷之歌
夢，流浪者撫三弦琴歌淒涼心聲
而今流浪者不流浪
只把淒涼三弦琴還逗留

沒有地糧，沒有飲水
只有一縷裊裊煙雲
我踩跛腳的孤寂的狼步，走在蘆葦道上
是哪一絮蘆葦是我
是哪一時刻我將隨時空飄逝

逡巡前人足跡，逡巡獸蹄
我願到蠻荒，我願置身
溪水涼涼似那群無目標的追逐目標者

只是一串的奔，只是一束逐
我不正也在奔，我不正也在逐

沒有人的囁嚅，沒有犬的驚吠
菸雲吐出迅快消逝
跛腳的孤寂的狼逡巡著
心中的三弦琴嗚咽
想著很年輕時刻

望遠松層層疊架，望遠松覆著金面山
傘傘構架，柔密覆蓋
兩層的碧綠含著葉葉冬思
蕨芽捲著指向同一方
形如一條條仰頭軟體動物蠕動
鐵灰松幹鐵灰著
層層年輪增長，已使外皮剝裂
似在北風中抖索

山腰的苔長在磐石上，有仰於松樹腳

或為新綠簇簇，或為金黃朵朵

而皆爭擠著

爭擠著空間

眼望面前座座磐石佇立

以四十五度角擎向青天

莊嚴肅穆，更似孤寂

孤寂的狼因之更孤寂

正月天

有灌木已滴盡所有的淚

只空餘點點含苞春心佇立枝椏尖

佇立於銹了一層銅的枝椏

似正期待春雷驚蟄

似正聆聽蝶蛹中薄翼的振動

孤寂的狼呀，你有何期待，你不正也在聆聽

而有灌木還在抗拒
以一份更碧綠的碧綠抗拒
孤寂的狼呀，你的抗拒呢？
心中一點悸動在悸動，在悸動

迎著風環視鱷魚頭岩
鱷魚頭猙獰著，舞著牙
一切的一切已遠離
一切的一切已遠離
我乃盤坐於磐石上
想著很年輕時刻
於是磐石如我
我如磐石
我是一隻跛腳的狼
正想嚎出一份粗獷

（刊野外雜誌第59期1974.01／迺萊）

獅子頭山

十一月清晨顯露露珠

隨著晨曦發出閃耀晶瑩

我以輕柔腳步，涉足溪流

一片耀陽飄落波流

稻穗金黃伴著深土色垂下

一份厚重的垂下

竹葉掩映著泥磚鋪成的矮茅屋

樸實無華

原野，十一月晨風

飄來一片芳香沁入心底

壓低圓邊帽沿瞄一眼

棵棵屹立楓樹

我乃嗅出山的氣息晃動

踏著輕抬腳步，且莫驚醒山之晨

石子路延伸，我想

莫非獅子頭山的山徑皆如是
而我實不願獅子頭山如此溫馴

再漫步，疲倦感怎的未知蹤影
轉個彎，足下石階層層以稜角向上挺立
哦，它似在狂嘯

就那麼平板的抬腳往前
忽然石階層層
偶而還有土階處處

穿過煤礦場正是柳丁掛滿枝
費力抬腳往上
只見少女酡紅更酡紅
只見年輕伙伴更歡躍

忽然，稜線左緣一片深谷

我乃以穩健腳步伺候

一步帶一個小心，一個小心伴一個腳步

崖壁猙獰，喬木在張望

走上獅子頭山，那是一片空曠場地

但見捷足先登者坐坐臥臥

一群男女學生跳土風舞

「高山青」悠揚，粗獷的

盪在野草淒淒，盪在喬木林立

踞古戰壕

望僅容平身而過的壕溝

岩壁黝黑，苔蘚處處

那些不相識的古戰士而今安在？

俯看山下林莊，似有唯我之慨

那些古英雄而今安在？那些戈矛而今安在？

經濟學會計學冷僻

愛情夢更僵硬

滄然滄然

穿梭於茅草叢中，偶見「抗日山胞石碑」

眼前晃動著勇士碧血，伴隨洪荒氣息

剝落的是石碑，剝落的是石碑上的刻劃

寫年代於碑上，喔

我該寫哪個年代？

哪個年代該寫我？

而我將留下哪個！

（刊野外雜誌第59期1974.01／迺萊）

司公礐尾山九芎林山

一個季節的忙碌

忘卻山之召喚

銅銹已成青綠銅銹即青綠

帶不甘心被走落的路

城市正憩息神龕前紅燈亮

死寂的一切伴著勉強的呼吸

車來車往走向粗獷原野

松的蕊心綻放

在碧綠上開出碩大米灰蕊心

且開窗吸口三月清涼

水流過石面激出淙淙之聲

何來胸部被壓縮的窒息

水藻漂泊初耕田

以一份纖細身影攀向眼臉

流浪者正歌著流浪

眺腳下梯田柔馴田畦環環相環

水流山徑
泥濘軟軟走過的腳印淤滿水流

穿梭於茅草以蛇樣體態
人是自然自然亦是人
何必侵擾
走上稜線
望對面山腰松樹深綠
望山頂沒入雲中山綠山也白
一股氫氣浮游身旁
若果今日不來何來此眼界
說：這是司公髻尾山

再穿行茅林弓著腰
聲聲歌「我在你左右」
聲聲唱「夜滿西樓」
含楓葉的少女不再含楓葉

只有春風跳躍於扭動的身腰
扭動的身腰伴著扭動的山徑

前行復前行
怎的九苔林山雙基點
據說：螞蟻隊曾來訪可知是哪個足印
擺個名片說：這是所知登山界第三次到訪
可也知這足印留不多久

樹幹疏落林立氫氣落葉落寞
一聲聲「杭州姑娘」裊繞
伸足於軟軟的泥
伸足於層層無盡的階
銅銹不再銅銹
勉強的呼吸不再勉強
是山攫走落寞，是山毀滅不帶勁的氣息

且讓我深深吸口氣

吸口山之靈氣

（刊野外雜誌第64期1974.06／迺萊）

山淺淺的笑

依窗眺望

遠山正碧綠吐露一抹粉狀

碧綠自碧綠天藍自天藍

想著蛇木粗獷想著綠竹搖曳

想著山徑雜草萋萋

想著稜線心悸顫顫

畫個湖掛在嘴角

點個馬腿置腳畔

歡愉來自疲累之後歌唱來自過程的旋律

爬山人望著山

山召喚

以一朵淺淺的笑

想著一腳步跟著一腳步的時刻

總讓干戈逸去讓洋裝書頁腐化

心泌入一朵淺淺的綠

匯聚那一朵朵綠

而後綴一只青春活力的冠頂在頭上

頂在頭上以傲視世俗

傲視紫色的葡萄酒

那是商賈最愛

頂在頭上以睥睨古英雄的矛

那是腥風血雨的殘殺

頂在頭上以睥睨今世的奔波

那是空茫

爬山人望山

山召喚以一朵淺淺的笑

讓我們走向山

將山淺淺的笑綴成花冠

仰望

（刊中華登山第14期1974.07）

鼻頭角：浪與岩

近處噹噹遠處咚咚波波海潮激盪

走在岩石路上岩壁旁

望足下無端矗立的岩

有黑白相間傍水掠過的鳥

海一輪輪上衝激盪礁石抖出雪白浪花

一波波白鱗一點點若隱若現

遠處平靜平面澄藍

粉狀微粒狀塗抹天際

層次海拄著層次天風來浪戲

緩緩以燕群飛行之姿前行

浪頭霧狀雪白

萎縮腳旁的小草以一綠葉一紫花的淡薄錦般鋪設

瞧，那低矮俯著頭靜悄模樣在聆聽

上衝岩上而後以一整圈雪花綻放塑個薑

瞧，那低矮俯著頭靜悄悄模樣在聆聽

沖上岩面以雪白的樹的年輪擴散的泡沫聲

海角不斷遭受葷狀雪花的洗劫

也不斷遭受愛撫

海角報以不斷的雪花

以蜂巢劃洞洞劃方格劃十字架或以巨牙猙獰

整條的苔走過巨岩平面

壁立的岩圈以碧綠絨一座座一階階和穆俯聽

千瘡百孔石抹著淡淡流蘇海苔

且脫帽讓海風掠髮也別丟棄髒污往清澈水中

讓清澈依舊讓柔柔仍是

巨鑿以無心的粗略紋刻過幾劃

以灰白之姿以深灰之姿佇立

細小的岩不齊整林立岩上個個點頭

呼呼刷刷清澈入耳隆隆聲隱約可聞

三月雨拂過陰岩下澗水飛濺

黃色白色紫色小花仰頭傾聽

寧靜歸寧靜莫言語

紫色小野花是調皮喇叭歌手舉喇叭只作狀

面對雄偉的浪面對壯麗的岩

莫以傲氣的松挺立也莫以大王椰堅挺

這裡僅有蕈狀花座座平頂的岩

灰白著灰白深灰著深灰蕨以扇葉顯現

遠船緩過也緩緩點出幾點白點

剎那幡醒鱗片幡醒剎那鱗片

剝海蚵只為想知道海蚵的剝

鐵灰的棕色的粗獷山巒巍峨猙獰

咆哮復咆哮莫測也莫測綻藍岩墨綠岩

臥於鼻頭角閉下眼皮

就讓夕陽在眼瞼幻出一片橘黃

幻出橙紅粉紅

臥於高岩上柔柔茸草裡

雪白迴盪岩壁角忽隱忽沒

風呼呼吹過耳際泌入胸懷以清涼

海鳥駐住翅膀滑翔

層次著山向陽背陽明顯與模糊

光明與晦暗

一陣陣走向海洋延伸著延伸

讓山腳汲入海中吧

層層的岩級級向岸探求

蒼老宮殿直向轟立刻劃

陣陣雪白耀眼夕陽下風聲海嘯浪流蘇

一寸的岩是寸岩

啊鼻頭角

（刊野外雜誌第65期1974.07）

因為山在那裡

不是倔強不是賭氣
只因不甘心繳交買路錢
就不走柏油馬路不走你的界內
我們喘息上波
誰說我們去長灘山縱走溪州山
誰要自囿於一個自囿
往前往後往東往西隨緣
也將三角點擲入澗中
只是要走在山上
因為山在那裡
因為有坡度高起

讓我們去走
一葉葉嫩綠鑲嵌於平垂枝椏的楓林道
去看粉狀綠山映照粉狀綠潭
去聽靜寂中的澗水
看層次山巒

若果山徑沒有斜坡沒有衝勢

沒有岩上的蕨與苔蘚

就走沙石路

只要有盈野氣息山野氣息

無目標就是目標

隨緣

（刊野外雜誌第66期1974.08）

附錄：開拓視野‧認識環境

　　人類無時無刻不在追求認識環境。此種對認識環境的追求，可經由兩種途徑達成：其一、為個人的實地探討；其二、為經由傳播工具而得知。

　　個人的實地探討，常因時、地、人而橫遭阻隔。簡君攀登麥峰，經由野外資助募捐，更加上簡君的高度體能與毅力而達成，這正象徵人們對認識環境的共同意識的大結合。

　　經由此次的攀登成功，筆者謹深深的盼望，簡君能將其攀登麥峰的經驗告知野外讀友，讓野外讀友也能經由傳播工具而認知麥峰。更深深的希望登山者一本認識環境的本能與慾望，而拓印中國人的腳印於世界各崇山峻嶺中，並將其經歷化為文、化為言、化為影像，廣為傳播，讓世人開拓其視野。

（刊野外雜誌第66期1974.08）

不動的瀑布

七月豔陽
鮮紅傘蔭下白石粉仍耀眼
小徑傍依山壁蜿蜒
腳旁淙淙水聲纖細如絲縷
這裡不時尚偉岸壁立
不時尚奇岩怪石

一股蠻荒一股雜草萋萋
三兩粉蝶輕飄在紛雜小花上
一份輕盈一份悠閒點石而上
悠悠蔭吹來悠悠風
這裡不作興磐石座座
不作興水聲隆隆

沿偶置溪床墊腳的石
美人蕉綠處處
蘇魯支說：瀑布不遲疑

可是這裡只有水咚咚

似是下滑時有所等待

凝重等待

乃在墨金瀑布谷點上巨鑿粗略刻劃

撫撫鑲嵌的大小岩

乃知墨金大小岩是一體的堅固

悠悠蔭吹來悠悠風

面面相對岩上流蘇蕨的下垂

也流蘇著「不動的瀑布」的遲疑

日正當中

瀑布的遲疑點出半輪紅

當你在前在左在右

還有誰想去驚天動地

這樣平淡路這樣平淡跫音

只要自我存在

還有誰要去驚天動地

後記：「不動的瀑布」距北投稻香里約半個鐘頭里程，其簡介可參
考《野外雜誌》第65期楊克明〈銀絲飛瀑〉。

鼓聲咚咚
——記登獵狸尖

一個水壺敲打另個水壺

土石路上奏鳴咚咚聲響

三五錯落土石路上漫步前行

眼望撐傘老頭一傘墨黑

太陽正溫暖天不來雨絲絲

拄一拄登山杖緩步前行

那老頭鼓聲咚咚

蟬知了知了叫

收音機傳來成韻歌聲

台灣狗脊蕨平垂山壁處處

路蜿蜒鼓聲咚咚

天熱走山陰山陰也陰涼

撫鼻尖乃拭去汗珠粒粒

偶現鮮豔小花稀奇草木

乃急急趨前細看

撫一下將那形影擱置腦海

路蜿蜒鼓聲咚咚

任茅林踩著枯茅葉

一股燥氣迎面前來

鼓聲咚咚

山徑蛇樣而行

我們蛇樣而過

弓腰走著無聲息的步伐

窺視茅林外

茅林外仍是茅林

只有藍天在葉梢綻放

鼓聲咚咚

獵狸尖沒有野獸沒有飛禽

更沒有山腳

當你站在獵狸尖上

（刊中華登山第15期1974.10）

流山血流溪汗

古寂樹的胸懷鳥鳴的腦海
爬山人望山凝溪
依門而望
遊子在牆外

餐餐相續餐餐靠糧米
墊著霓紅燈走世俗路
世俗路更世俗
社會是分秒組成
分秒的世界還有分秒
依門而望
遊子在牆外

爬山人望山凝溪
古寂樹不在胸懷
鳥鳴不入腦海
血中失了山滋潤

汗中沒了溪洗禮

那氣息那呼喚

山呀，在山那一邊

（刊野外雜誌第69期1974.11）

幻・地獄谷

據說：硫磺泉煮蛋二十分鐘
硫磺蛋有特殊風味
就囊個蛋帶雙筷走向地獄谷
地獄谷青面獠牙？
至少也該奇形怪狀猙獰面目
遠遠吸入一股硫磺味羊腸小徑突斷落
眼界雪白蒸氣徘徊
滾泡上升自白灰小火山口
氣泡一個個接緩緩走向勻平水面
也或走向水流可感知的一脈
土黃土覆以四周高聳樹
瀰漫冉冉上升消逝

走三個深深的洞走著陰濕走著泥濘
洞前伸黑暗前伸一份黑暗一份恐懼
黑暗更黑暗恐懼更恐懼
影搖曳遠遠搖曳著心悸

吹個口哨劃破寂靜劃破心悸

偶傳來尖叫傳聲叫囂

單一尖叫多聲回應單一叫囂多聲叫

一個來自東一個來自西都是小孩叫囂

一個個迴響都是女孩尖叫

心忐忑未知的下一步莫非骷髏屍骨

拐個彎撞個人影，喔，你非鬼魅

點燭影更長掌燈前搖曳

幻出巨掌於巨鑿鑿刻黃泥巴上

滴水滴落頸冰涼尖叫如雷響

蛇來自頸項蛇蛇行於脊樑

步出洞口揭去額上冰涼

且擦去手心泌出心悸

緩緩將蛋移入渦渦冒氣小火山口

嗆鼻硫磺味蒸氣漫開來

漫左漫右漫前漫後而後瀰漫整個硫磺谷

一股地熱傳自地底傳至腳心

一股熱氣冒自水流瀰漫四周

想觸探總認為冒氣水流溫度高又可煮蛋

氣泡浮游於蛋殼也自蛋殼逸去默默待蛋熟

硫磺煮蛋其味如何

以筷夾蛋提升空中想著硫磺蛋味如何

突然心驚硫磺蛋掉落

恰似闖了無關緊要的禍的小孩張開合不攏嘴的訝異

硫磺蛋特殊風味若何

惟地獄谷知曉

（刊野外雜誌第69期1974.11）

大華瀑布與眼鏡洞

大華瀑布

午后三時，十一月太陽已懦弱

蒼翠中一個倒三角銀白水流鑲嵌著

微弱光源踩著枕木顫慄六份隧道

提膽下踩腳下烏漆八黑可別踩空也別來個洞

澗頂水滴瀝

步出隧道大華瀑布現眼前

宏偉壯觀攫走心神匆急前行

瀑布隆隆下瀉山呼呼迴響

激盪的世界憩足聆聽

偶回首樸陋橋迴旋岩腰

鑿刻階階岩階階沁水流

木橋瘦瘠得張口仰頭承接浮游漫散氳氣

佇立瀑前正是銀白花朵綻放時刻

或以不規則匹練無遲疑下注

瀑布呀何去匆匆

下沖匹練激起氳氣浮游潭上

於潭之東潭之西潭之前潭之後

注水花下衝煙散

白色蛟龍翻滾一切幻散

樹靜寂岩靜寂瀑布呀何其匆急

轟隆隆呼呼迴響

瀑布鼓動心鼓動瀑布激著心激著

想狂奔又想憩息想憩息又要狂奔

悶沉粗獷

鑿刻階階岩樸陋橋迴旋岩腰

波波白浪前移復前移

雖前行瀑布仍在腦後叫囂

是不絕的悲鳴是悶轟隆隆

置身相思樹下

十一月萎黃的楓葉點上跟前

知了悲鳴不絕

眼鏡洞

想著眼鏡洞若何

忽聞水聲隆隆

一片銀白梯田漾著片片鱗片

想著眼鏡洞何來由

或許是片片雪白鱗片

勻稱鼻孔已仰望

伺候你的青睞準備回接

一個會心微笑

小瀑布竄動而後匯聚兩流

一流竄出鼻孔一流調皮滑過

眼鏡洞不像眼鏡像鼻孔

巨大鼻孔上覆纖細翠綠枝葉

一道道小泉湧擠向前

一道流泉巨面墨岩鏤刻銀白鱗片

數不盡小泉翻滾片片

水聲隆隆山迴響

水聲又隆隆山又迴響

這個世界隆隆的世界

（刊野外雜誌第71期1975.01）

蘭嶼記遊

之一：異種的企求

走在石子路上，石子裸現處處，而總是

攀爬不到黃泥土

兩旁矮房向著列列排列

磚以未修飾的水泥塗敷，整個屋一個灰枯

灰枯向著灰枯的肌紋

一個赤裸，一個灰枯，亮著大眼珠

亮著懶散與迷惑

對生對工作

給根菸示友好

正如陌生人企求友誼伸手

一個赤裸的人一根菸，兩個赤裸的人兩根菸

點出對生對工作的迷惑

突然一個接一個冒自灰枯屋宇

密密麻麻飛出

灰枯手伸自瘦瘠胸骨

異種膚色異種眼光異種迷惑異種企求

異種的齒齒黃黃

在左在右在前在後

於是灰枯團圍再擴散

眼球再望不到排排矮屋

於是友誼手灰枯，再也納不下灰枯的擴散

只惦念那回航的帆

異種的企求是對生對工作的迷惑

異種的企求呵

是對一根菸的

迷惑

（刊野外雜誌第73期1975.03）

之二：想家

風飄異地風沙浪捲南投林下潮汐

呼呼風雨聲夾雜沖擊海潮

單調人影圖像單調直角圖騰環四方

Ko Kai 迴響

咧嘴棕臉點點

惦著北國霓虹惦著華江橋塵埃

霓虹迷惑猶熟悉華江橋漫漫有回響

而這裡的足跡特別陌生

空中巴士今日來不來

飄茫細雨絲絲

心繫歸箭箭矢滿弓

末見飛機蹤影

茫茫細雨枯萎心

異地風沙響著異地言語

Ko Kai 迴響

咧嘴棕臉點點

（刊野外雜誌第74期1975.04）

月世界

穿過碧綠
忽見壠壠泥岩向天向地
壠壠泥岩壠壠孤寂
只偶來一兩叢搖曳苦竹林
一個地域兩環世界兩環相接
迴旋黃灰泥岩踝下草味不揚
哪個年代牧草已牧失
沒風沒塵死寂世界

造物者忘懷久久
壠壠泥岩走天入地
只偶來兩枝枯寂銀合歡攀附
夕照照來在山尖
嶺嶺泥岩乃成片片秋的楓葉
吸乾泥岩刻劃棋盤
盤盤沒有苔蘚只有岩葉

蒼老歲月喚來皺紋連連

什麼世界月死寂人止息

雲陰暗天陰暗

片片暗灰壠壠刀脊

靜寂碧湖之外是蒼岩

蒼岩之中碧湖更蒼寂

湖靜正聆聽

只是月下撒網竟網不住語言的魚

語言魚已流失

正如流棄的月世界

攀泥岩印不上足踝點不出炊煙

泥岩上是泥岩泥岩旁是泥岩

嫦娥飄逸倩影誰人知曉

月下沒有琴音沒有風鈴

俯身聆聽座座泥岩古堡

（刊野外雜誌第75期1975.05）

泰 雅

雨茫茫泥濘路滑
我們提燈雨中行
滑滑泥濘滑去匆急滑去喧囂
我們一伙播散的是歡笑飄揚
南勢溪上木橋晃來一度度昏暈

站在泰雅居住地想像泰雅
嘴瞄準野豬脖上刀痕吮吸豬血
泰雅曾如是而我看到蛆動蠕蠕
我不顫慄
這泰雅文化這泰雅生活方式
執矛著丁字褲剽悍挺立
胸前猙獰著殺一人紋一畫英雄紋彩
他揚起臉上黥面吆喝跳躍

而這道上蘭吼地域螢火蟲點點閃爍
也築立幾間低矮木板構築

一家家瘋狂著TV連續劇
小市集車呼嘯來去
一家店鋪閒坐四五泰雅朗笑淺談
望著電視指指點點
丁字褲飄逝矛更無蹤影
有的只是工作後牛飲啤酒
或者比漢族更漢化
文明洪流捲走粗獷泰雅

一切在適應在改變
而泰雅血猶是泰雅血
只是不在小米酒而在啤酒杯
難道泰雅只存在於烏來山地舞
供奉山地館列列排排
站在泰雅居地想像泰雅

茹毛飲血是泰雅抑或盡飲啤酒是泰雅
泥濘滑滑滑去匆急滑去喧囂一整片茫茫

（刊野外雜誌第76期1975.06）

30公里嚐味

迴旋檻內想著白雲故鄉
柵門啓碇追尋芬芳草
一個泥濘載負另個泥濘
草揚起草撲倒

白雲故鄉雨絲絲
昨夜猶是失眠夜
故鄉雨飄飄
掙扎苦楚

故鄉草芬芳
蘋果樹葉在前方
一個個關卡報到沉重
蘋果樹有葉芬芳

兩腳載負過量泥濘
不屬於自己的不識腳印跫痕

一站還一站站名似又增加

沒知感腳步前移永不屬於自己

蘋果樹葉迢迢

後記：1974.10.20參加50公里健行，遇雨主辦單位改為30公里。全程
　　　計費時6時20分，回家一看，猛見腳底各起三個大泡，謹誌。

（刊野外雜誌第72期1975.02）

泛一葉輕舟

輕輕盪向碧潭心

無一囊餘糧無一囊裝備

我們只攜來一份悠閒和一群歡笑

我們是一對燕只是過客

雙手緊握雙槳泛一葉輕舟

輕輕點上粼波盪漾

雙手揮雙槳雙手同時往前衝

往前弓起臂腕的肌

一葉的舟乃如群居的鳥偎向飛翔的鳥群

乃見輕舟點點飄浮潭面也見一列泊岸的帆

而帆總要回歸潭心

靜靜臥躺只是一列的等待

於是帆與岸乃構築一朵眺望

雙手緊握雙槳泛一葉輕舟

輕輕點出兩弧漣漪偎舟旁

於是我們見到潭水淺藍

映照妳我藍藍微笑在岸與岸間順划

我們逆水

遙遙的碧潭吊橋走了一弧從那頭走到這頭

雙手緊握雙槳泛一葉輕舟

輕輕走在沙灘邊輕輕依向佇立的岩旁

看岩上呢喃著松的語言藍藍

看沙灘上垂釣的斗笠靜謐

浮標打節拍一上復一下

一只舟走在藍藍潭水上走在松佇立的巖岩旁

一只舟划過吊橋下划過浮標旁

而日正當中舟正划行

這裡沒有糧草也沒有裝備

我們只是過客

盪漾著兩朵微笑

（刊野外雜誌第84期1976.02）

情人湖

攀上橫木一阻隔跨上土階一個個

階階土階往上走

回望汲入一縷縷和穆山丘

汲入粼粼湖水波

湖水是掌

握住一盈情人媚眼默默

湖中竹筏一舟舟

漾幾許槳聲松葉下松飄來縷縷繚繞

一個掌的拇指奔入松林中

一縷的清涼划過湖面

畫一漣漪圈圈盪漾開來

我漫步輕輕踩落跫音絲絲

踩落跫音在湖邊小徑上

微風拂枝枒拍

環峰頂聞水聲奔急弓身猛探首

山腳濡一片海潮雪白

而水天一色的接吻處

船走過緩緩鳥飛過緩緩

飛過水天一片藍走過水天一片藍

駐足眺望復眺望一片藍藍

藍藍也盡入眺望

讓思維瀁瀁開去瀁向無極

瀁向呀那一片無極

（刊野外雜誌第89期1976.07）

沙灘組曲

貝殼

把昨天的憂傷遺落後
終於在來潮的擾攘中
駐足沙灘

那裡有孩童的歡笑在喧鬧
那裡有少男少女的愛在滋長
於涼涼的海風上，他們嬉戲
於殷紅的夕照裡，他們歡欣

我把美豔的紋彩
展現，一如海風飄過
讓孩童綴成串串拾貝殼的回憶
他們將忘了童年是否成天髒兮兮

我把美豔的紋彩

展現，一如海風飄過

讓少男少女綴成串串拾貝殼的情意

他們將不管花前月下是否僅成回憶

把昨天的憂傷遺落後

終於在來潮的擾攘中

駐足沙灘把美豔的紋彩

展現在殷紅的夕照裡

沒有一絲嘆息

在那拾貝殼的回憶裡

沙灘上

踏著海風

踩著潮汐

讓孩童的歡笑飄過——

自耳際

海谷固然美
沙灘更適意

踏著海風
踩著潮汐
讓孩童的歡笑飄過──
自耳際
海巖固然壯麗
沙灘更是情依依

踏著海風
踩著潮汐
孩童正在沙灘上
編織貝殼的回憶

海風輕輕的吹

海風輕輕的吹
海水柔柔的撫
去遺落沙吹走灘的跡
撫去遺落海邊的偎依

昨日的風昨日的水
不可追憶
弦已斷，愛也失
夕陽下
一條長長的影子默默
落在沙灘上

多愁的流浪者啊
行囊已備
正待你踏上遙遠的地方

冬之沙灘

海水已冰，海風更冷
歡笑的弄潮人隨炎夏
遠颺，走了
　　一切多遙遠

沙灘上只有漲潮遺忘的貝殼
灑落一地
那拾貝殼的人兒可不知在哪裡
幾根枝椏半埋沙中
眺望企立
──眺望那來夏紅紅綠綠的人群與歡笑
也將有七弦琴低訴的情意

天將暮
夕陽拋走一海的黃昏

把沙灘染成一片楓葉紅
這裡已不再有浪者的足跡
敲叩那拱門冰冷的回憶

紫色的回憶

潮拍擊岩岸時
就是那紫色回憶在迴盪

拾貝殼的情景
是一片天真的雲
雲已散，戀人更遙遠
只有默默的情
仍在山頭呼喚

潮拍擊岩岸時
就是那紫色回憶在迴盪

弄潮的時刻已遠

相偎依已不再

戀人呀，妳已遠颺

一如夏的清涼

冬陽雖如春

春天仍遙遠

紫色的回憶呀，在迴盪

默默的情呀，在呼喚

（刊1981.02.26自立晚報）

童詩輯

大公雞

大公雞戴紅冠帽

大清早引頸喔喔叫

天剛亮太陽還沒起床

小弟弟在夢的王國和小公主騎馬

小妹妹在仙島和小白兔嘻哈

大公雞戴紅冠帽

大清早引頸喔喔叫

若問大公雞為何喔喔叫

大公雞說：「天已亮，太陽還不起床！」

大公雞高崗上喔喔叫

叫醒太陽露出紅臉在山上

叫醒小弟弟小妹妹來捉迷藏

（刊笠 第65期 1975.02）

青蛙呱呱呱

青蛙呱呱呱，呱呱呱
從田畦跳到池塘下
青蛙呱呱呱，呱呱呱
鳴叫
在月光下
不為飢餓不因無聊
只因仲夏風姐兒吹來陣陣清涼

青蛙呱呱呱，呱呱呱
從傍晚直叫到天亮
叫醒小弟弟的天真
叫醒小妹妹的歡笑

叫醒小弟弟的天真
叫醒螢火蟲打燈籠
給小弟弟小妹妹照亮

他們還賴著不睡覺
還要在院裡乘涼

叫醒小弟弟的天真
從田畦跳到池塘下
只因仲夏風姐兒吹來陣陣清涼

（刊笠第66期1975.04）

國王和襯衣

──托爾斯泰寓言故事改寫

和煦陽光照在金碧樓宇

階階大理石階恰似巨龍迴繞

告示牌上一令告示仍在陽光下哆嗦

一列長長的寒噤:

「國王通告全國國民,凡能治好國王病者,

賜國土一半。」

哆嗦走過匆急走過哀哭走過默默走過

沒有人睨上一眼

大臣開會討論一長串飲茶一長串緘默

祭過祖宗拜過眾神

祭司找到藥方:

找最快樂的人,拿他的衣衫給國王穿

國王就會好

國王派出很多人

他們在京城找最富有的人

在京城裡尋最有學問的人

他們呀，到鄉下見大地主
他們呀，找遍全國各地
只是呀，每個人都有欠缺
每個人都有怨言
歲月一天天過去一天天消失
沒頭緒的這追尋
有天王子走過一道斑剝的牆
那裏有間茅屋
他搞住鼻穿過垃圾堆急急涉過汙水溝
茅搭的屋裡傳來一個蒼老囁嚅聲音
「謝謝老天，我工作做完，肚子吃飽，
我可以躺下睡覺了，我還有什麼不滿足呢？」
王子心頭一喜
匆急命隨從脫去那人襯衣
說：要多少錢就給多少錢
說：不計代價只要那件襯衣
說：斃了那人的命也沒關係

只是呀，隨從搶進半掩的門

看他曲腿仰躺向天

半裸的人只有內衣沒有襯衣

和煦陽光照在金碧樓宇

階階大理石階恰似巨龍迴繞

告示牌在哆嗦

哆嗦走過匆急走過哀哭走過默默走過

沒有人睎上一眼

（刊笠69期1975.10）

網裡的鳥

——托爾斯泰寓言故事改寫

一隻鳥一個心十隻鳥十個心

十個心匯聚一個意志牠們只想奔

奔奔奔，奔向一個獵人捉不到的地方

十隻鳥頂起網一個衝刺一個飛躍

逃命向天邊

一個獵人在追趕，他想著

我將追到我的網，我將攫住網中鳥

翻過山頭翻過溪澗

而鳥仍在飛而網仍在飛

只是呀，太陽慢慢偏西

十隻鳥一個心變十個心

一隻想南一隻想北一隻想東一隻想西

隻隻想著巢穴想著回家休息

可憐呀，十隻鳥

一隻想南一隻想北一隻想東一隻想西

網不再飛而落地

十隻鳥一個心可保命

十個心十個方向回不了家

（刊新文藝第238期1976.01）

小妹妹穿上高筒馬靴

小妹妹穿上高筒馬靴
戴著花邊帽
兩隻小手牽著爸和媽
晃著小屁股走路
踢踢躂躂

小妹妹穿上高筒馬靴郊遊去
嘴裡塞著橄欖手裡抓著西瓜
看到高山是牛肉包
看到太陽是紅蘋果
看到麻雀學吱喳叫
看到牛兒學唔唔嘛嘛
小妹妹滿心歡喜
看到很多新奇東西

小妹妹穿上高筒馬靴蹦蹦跳跳

惹得柏油路踢躂直響

就不見安靜一下

（刊綠地第4期1976.09）

狼和大象
——托爾斯泰寓言故事改寫

燈火通明，一隻隻狼支頤愁眉映向窗外影長長

一隻隻乾瘦的狼食物吃光

搜遍森林就是找不到一隻兔一隻鼠充飢

一隻大狼一隻小狼大眼瞪小眼

太陽是箭矢，穿過狼的蹙眉，串起一籌莫展

遲緩踟躕肚皮咕嚕腸咕嚕是秒針的前行

老狼數說著：為何前國王被逼走，

　　　　　　牠命令牠們做那做不來的事

老狼數著開會的狼族，以數走難耐時刻

牠突然靈光一閃想到：那大象的重負和泥沼

牠一個箭步上了桌面，欣悅宣佈：會散啦，會散啦

會散啦，意味問題解決啦，腸肚不再咕嚕啦

老狼來到象舍，帶著一份權威呈奉

懇求牠當「狼國之王」

大象瞥見狼帶來權威，幻想著威風八面

站直身軀踢踢腿似在以撇刀答禮

大象呀，不知權威是高樓危梯，一個翻身永劫不復

老狼假意前導，大象偏要前行接受萬人歡呼

（就是不前行，也已註定噩運）

大象前行顯現威儀滿面，穿過馬路又走向山徑

澗水潺潺流，山崖塞蔭柳，老狼滿心歡喜

只是再往前一點路

大象呀，將在泥沼裡永劫不復

大象夢想權力滋味而醉醺醺

而不知萬劫不復已跟隨

依舊邁開雄偉步履擁高傲心意大步前行

可憐呀，那不幸的最後一步，大象再也抬不起牠的腿

牠用力抬，身子卻越往下陷去

狼狼笑：「命令我，赴湯蹈火也要我做到！」

象哀哭：「我……，我命令你，

　　　　　命令你把我拖起來！」

狼又狼笑：「用你鼻抓我尾，我立刻把你拖上來！」
象又哀哭：「你以為可用你的尾拖我出來！」
狼狼笑復狼笑：「既知不可，何必命令！」
狼想著：前國王命令那做不來的事真不該
於是大象一直往下陷去
一隻狼圍攏來，又一隻狼圍攏來
一隻狼挖著泥巴，又一隻狼挖著泥巴
於是狼群的肚皮不再咕嚕
牠們啃噬大象的身體和頭顱
而大象已被供上權力滋味的祭台

（刊綠地6期1977.03）

春來到

當春的朝陽

踩小鹿蹦跳的腳步

踩過曠野灑下一片秧苗時

踩過河流灑下一溪清澈時

踩過高山灑下一山蒼翠時

整個大地是覺醒了

連那沒有陽光的牆腳下的

小野草

也穿上碧綠的嫩葉

自殘垣斷瓦中探出頭

囁嚅的在呼喚

春來到

春來到：野蟲嘶吵叫

春來到：野鳥聲啾啾

春來到：人們啊帶著混身的生氣

昂然的吃吃笑

（刊文藝月刊第128期1980.02）

詮釋《沙灘組曲》（代後記）

　　個人從事文學創作，自一九六一年首篇詩作發表於《自由青年》以來，寫作歷史已歷半個世紀之久，其間對詩、散文、小說、兒童文學及評論等，均有所涉入。茲今時間充裕，因之將原已於報章雜誌發表過的作品重新檢視，自行彙整輸入電腦，並擬予分類結集。

　　個人所以要再自行檢視，或者是因發表當時仍有疏漏，應予補空；或者因時空轉變，人生歷練不同，感悟與所得也有不同，值諸結集發表之際，因之增補其內涵，慎重其事，此或可謂係「第二次寫作」。也因係定義為「第二次寫作」，所以進度費時費工，與初創類同；惟其絞盡腦汁的苦楚，自也是苦行之態勢，個人願意承受。

　　就個人詩之創作來說，對其早期作品，將分為二集，其一為第一集的《鞋底‧鞋面》及本集《沙灘組曲》；至於後期作品，則另行研議處理。

　　本集《沙灘組曲》，分四輯，合四十七首。其中「動物」輯六首，「植物」輯十三首，「登山野外」輯二十一首及「童詩」輯七首。為方便學子研究，瞭解個人寫作之演進脈絡起見，各輯內詩章，大致按發表日期順序排列。並以隨筆方

式，對「動物」輯及「植物」輯或寫重讀感悟，或寫其創作目
的，或予分析其內涵，都為「代後記」於下，此或許有助導
讀。至於「登山野外」輯及「童詩」輯，由於或係寫景或係以
童稚之心所作，語意單純，易於欣賞，不另分析。

「動物」輯六首

1.〈一隻麻雀啾啾啾〉：該詩標題雖為寫麻雀的叫聲，其實是
在惦記幼童年的鄉情生活，也就是那個與大自然的天地為伍
的記憶；及長置身於都市塵囂中，在人人追逐名利，冀望提
高物質生活，滿足財富的累積與口腹之慾時，其精神生活已
然每下愈況，人人面目可憎，欠缺人文素養，而此更激起作
者嚮往昔日鄉村生活的悠遊。

　　詩分二節，前節寫作者童年時，在麻雀不分季節的聒
噪中生活，而且隨處可見到麻雀的蹤影，不管是在樹上或在
屋脊上，作者走到哪兒，麻雀也會跟到哪兒；可見當時的生
活，已然與麻雀結為一體，所以麻雀代表的是作者的童年歲
月。然當時是如何的去對待麻雀的呢？那時是沒有與萬物共
有這個世界的意念的，兼且在小孩子好玩的情況下，有時還
會拿著自製的彈弓到處找尋麻雀彈射。

　　而後節，則寫在都市裡，欠缺花草樹木的，那些迷航
的麻雀，找不到樹木樹蔭去憩息，只得停駐在高高的電線桿

上，卻被酷熱的天候曬昏頭而掉落，而這就是人類都市化的悲哀；而在那個情況下，作者反而要急急的去接住保護那隻掉下來的麻雀，在那種近距離的接觸中，隱含了保護的意味及與萬物共有這個世界的意念，而且那種保護的意味，不僅是對麻雀的保護而已，其實也是對自己的童年歲月的懷想與珍惜。

2.〈虱目魚〉：「原罪」是一種痛苦、悲慘、不得解脫的宿命，也是一種與生俱來的身份、標誌與烙記，有為種姓的，有為血統性的，有為階級性的，也有為思想性的。具有原罪者，在原罪的枷鎖中受難，只得忍氣吞聲、哀嘆、怨恨；而虱目魚亦如是。

該詩寫出虱目魚本可暢快的生活於大海中，卻因可以活在淡水裡的原罪，而被豢養在被圍堵著的小池塘子裡，見不得海洋大海。

中國以往所謂的黑五類，台灣近代史裡的台灣人，相對於其主政者來說，他們都揹負了原罪；而二二八時，台灣人的對待某些外省人，也都認為大致上是他們也揹負了原罪。其實，所謂的原罪，不是不能修正的，只要群體意識的修正與容忍度的加強即可；簡單的說，就是人人不要認為自己高人一等，也不要自貶為低人一等的，只要人人有這種自覺與醒悟，慢慢的自然可以消弭化解掉「原罪」的存在，以成就人人平等的大同世界。其實人生在世，吃喝拉撒，又有誰人能免，

又有誰人能高於他人？區區百年身，對照天地之長遠，只不過是一個小小的時間波而已，又何必與他人鬥爭到半死。

3.〈畫眉鳥〉：該詩以政治詩來看，就是集權或威權統治者消滅異端或異見的方法，那就是將異端打入牢裡，剝奪其自由並阻斷他們的思想繁殖與漫延，以達社會上表面的人人的歌功頌德，「自我感覺良好」即可；惟此處的「哀戚之音」，就應以求饒及悔過解釋了。

此外，如以人與畫眉鳥的關係來看，該詩也頗為寫實；大凡養鳥人，都是一鳥一籠將之分別飼養著，幾籠鳥分置四處，讓牠們相互呼喚鳴叫。

鳥類的呼喚鳴叫或者人稱之為歌唱，其主要目的，有為求偶，有為警告，有為示警，有為呼朋引伴者，不一而足，那是牠們的天性；然人將之從自由的天地抓過來置入籠中，讓牠們失去自由求生意志，而且更不讓牠們繁殖下一代，那是多麼殘忍的事呀！

鳥的呼喚鳴叫，上言已列多種情況，就鳥本身來看，牠們在自然界裡也並不都是愉悅的，而是有時會是驚恐、哀悽、孤單無依的；何況是被置於籠中，失去了自由生存意志！

如果人類的心靈想要得到平安與祝福，應該是置身於安詳的愉悅的歌聲中，而不是置身於哀悽呼叫之中。雖然人聽不懂鳥言鳥語，但其鳴叫是多樣性應無疑義。既然人的心靈應置身於愉悅與安詳中，容易得到平安與祝福，那麼人又何

必剝奪鳥的自由，讓牠在籠中哀鳴呢？實應讓鳥還歸天地，讓牠們也能擁有自由的天地而唱出較快樂與愉悅的歌聲，布於你我左右，那才是真正安詳的世界。

4. 〈六福村的一隻猴〉：宇宙本身就是一個牢籠，所有的生物與非生物，盡皆置身於枷牢中無由脫身；生物在生死循環中輪迴，而非生物也在時空的作用下毀滅變形。

雖說有所謂「物質不滅定律」，然氣體變液體或固體分解為氣體等，又何嘗不是形體的變遷氣化。而自以為主宰地球的人類，又在地球上畫出一個個牢籠，將異己或其他生物置於牢中，限制其活動範圍。

寫作當時，曾至六福村參觀；時該園有巨大猴籠，將猴群豢養。園方人員在園區裡餵食時，係以車入猴籠中，近距離的接觸，當時那種猴群攀爬在其車上的情景，令我不禁莞爾，乃成詩。

第一節寫猴子戲弄入猴園區的車子，而駕車的工作人員被戲弄，反而「而你被新鮮的戲弄／乃哈哈大笑」。

第二節寫人與猴的主客易位，不知誰在看誰，也不知誰在戲弄誰？

因之，第三節得到結論：「天下本無主從別／你我不都是被囚者」嗎？並擴大為針對生命體的自然現象以及大小牢籠的概念，我的形體空間或者思想空間比你的大，我的自由度就比你高，而這時反而是你被囚禁了。

　　拉丁舞或者皮拉提斯運動，其發展不也是追求解放肉體、解放思想的空間嗎？那些舞者的自由度，難道不比那些迫害者高嗎？就我的主觀意識來看，個人是給予肯定的，所謂的「關得了形體，關不了心靈」；奉勸那些獨裁者，那些集權者，那些壓榨迫害別人者，放下鐵石心腸，放下惡毒殘暴，則你的心靈將更豁達，而有怡然自得的心靈，一顆有智慧的、有善心的真誠的心。

5.〈籠中猴〉：此詩也是主客易位的詩，一如上題〈六福村的一隻猴〉一樣。

　　第一、二節的「以優雅步伐去漫步」，指隱含著很高的思想自由度，也就是關得了我的形體，關不了我的思惟。而何謂籠子裡？何謂籠子外？當我把阻隔你我的欄杆，反向圈住了你，「把籠子往外囚過去」，你不也就是在籠子裡了嗎？哪會是我在籠裡呢？何況，生老病死的生命周期，不就是你我生界的宿命嗎？

6.〈蛙〉：「一缸子的蛙逃走／遁在星輝下」，表示有許多的蛙，散落在夜晚的星輝下，由於牠們是遁走的，偷偷的逃跑掉，所以在心緒上依舊很是躁急與不安。而在夜裡，雖有蛙鳴單調的呱呱聲；其實那是更顯得夜晚的安靜，因為除了蛙鳴的呱呱聲以外，已再無任何其他的聲音了！「零」是空是無是全然的沒有，較百萬分之一為少；但在意識上，我們卻會認為「百萬分之一是很少」的，此係一與百萬相比較而得

到的感覺，但「零」則不然，並不會認為是少，主因在意識
上無從去做比較，才會不覺其為少。而這也就是說，所謂的
多少，僅是一種比較的概念；所以有了蛙鳴的喧鬧，反而讓
夜晚更顯得靜寂。

「植物」輯十三首

1. 〈一株立高處的松〉：身處氤氳、雲朵之境，在山脈脈峰峰
   相連，雲縷縷朵朵飄飛之中；一株立高處的松置身氤氳、雲
   朵之境，就是一幅展現靈氣的畫作，望之而令人有飄逸昇華
   之感。

2. 〈蛇木〉：寫蛇木的貞堅，生死如一，如果人人都有這種修
   為，這個世界將是有是非、有為有守、有愛心的世界；蛇木
   的作為，可為人生的標竿，雖或許會有更多的挫折，然俯仰
   無愧天地，不也是一得嗎？

3. 〈颱風草〉：為官口徑一致，自我感覺良好，就以為百姓生
   活幸福安康了。在君王時代裡，為君者都還要微服出巡，探
   聽民怨，改革朝政，以正官箴；何況是在民主時代，人民作
   主的時代裡，更要多多的接觸市井小民，才能深入瞭解人民
   的所需，施政的向背。此外，該詩也是寫實的，寫颱風草可
   以預言當年颱風次數的傳說。

4. 〈一個斗笠掉落在路橋中〉：此詩之「斗笠」，寓意：鄉下

人或單純質樸之人，係喜愛生活於鄉野之人。第一節寫代表
鄉野風情的「斗笠」掉落了，卻驚不醒鳥叫，也喚不醒頑
童，因為這裡已經沒有雀鳥了，而頑童也沒有夢想了；都市
的環境與鄉村的環境是截然不同的。第二節寫都市人藐視鄉
野風情，總以為鄉下人或鄉野風情是粗鄙的，沒有文化水準
的，是難登大雅之堂的，所以「一個斗笠掉落路橋中／笠葉
簇新」，而「車仍奔馳而白眼冰冷」，又有誰會去注目簇新
的斗笠掉落在路橋中呢？只有那迷失於都市裡的鄉野之人，
他那鄉野風情會望之而油然而生，因為在平日裡，他對鄉村
的惦記，早已恍惚縈迴在夢裡的了，他看到了「綠色音符飄
動／田野茅屋是窗簾風景／綠色音符飄動在夢中」。

　　第三節，繼續寫鄉野人對鄉野的吸引力與盼望之情，連
「畫中的樹／窗帘上的葉」，都是他的寄託所在，可見他對
樹木的盼望，是多麼的熱切。

　　第四節，寫都市裡與鄉野間的不同點，就是「深呼吸只
有縷縷油煙仲夏燠熱氣」，而這也讓他心碎了。

　　該詩藉「斗笠掉落在路橋中」，以表一個鄉下人置身都
市繁華匆忙中，是多麼不習慣於都市生活的林林總總，總想
回歸有草有樹的鄉村裡的生活。

5.〈鄉思〉：所謂的鄉思、鄉愁，是人類最深沉的情感之一，
　　那是人類與生活環境最早的接觸與互動，其總總作為都將是
　　最深入人心的；尤其是童年時光所活過的鄉村生活，那是讓

我日夜縈迴的故鄉。

第一節寫十五月圓之夜，孤單的倘佯在重慶南路上，只有孤單的影子相伴。

第二節寫十五月圓之夜，想看看天上的明月，映入眼眸中的卻是人工化的修剪圓整的榕樹，那種被塑造的無奈，正如自己置身都市中的情景一樣。而此更自然的勾起對昔日裡那種無拘無束的鄉村生活的懷念；尤其是對那陪伴我度過童年的大榕樹的思念。而且雖同為榕樹，都市裡的榕樹卻是被修剪得圓圓整整的，而故鄉裡的大榕樹，則是自然的伸展其枝椏的，其自由自在的差異，是何其的大呀！此外，置身北國風沙裡的南國椰子樹，也是多麼的不習慣呀，所以隱約的可見到其恐懼神情。而「南國椰子樹餐北國風沙／但見椰幹微顫」，又何嘗不是在隱喻訴說自己流浪異地的心情。

第三節，則是很慎重的提醒自己，「離了海的海水終要死亡」，那是一種事實，也是一種心境。接著「驟聞南下火車汽笛聲響」，恍惚是在呼喚自己南下，回去自己的故鄉。而「離了海的海水」，這裡的「海水」指自己，而「海」，則指故鄉。

6. 〈巨榕上之眺〉：年少時愛爬高，愛高高的往下看，看遠處的景物與近處的景物有什麼差別：只見遠處的景物都變小變慢變靜止了。第一節「那兒人只一丁點那兒牛似貓／當我登上兩人合抱巨榕樹／站在搖晃巨榕尖／一切都凝縮僵住」，

就是在寫爬在高處望遠的實況，是寫實的；此外也是在寫年少時，期望高，夢想大，總想爬高望遠。

第二節，接續著寫爬高本身就是一種快樂與滿足，因為可以「擁有一切」；而後段的「童稚的心愛爬高望遠／是不知下墜的悲傷／可不知老了還爬不爬得高」，則是在反問自己，老了還爬不爬得高，或者說：老了，還爬不爬得動！

7. 〈仰頭探首不問今夕〉：該詩寫的是作者少年時已為「讀書之苦」而懷疑而感冒，或可說是「為賦新辭強說愁」。

所以第一節裡，如此的寫著：「一個個算術式西風聚攏的秋葉／我該品嚐無饜」，依照世俗的規矩，我是應該努力的去學習解題，將其觀念習通；「卻是三月太陽破不了霜天」，我並沒有什麼熱切的心，去學習的念頭。

第二節「書包飄鬟仰頭探首只不問今夕／今夕明夕同是馱負不增減的無理／待何時洗棄旅塵」，書包帶來帶去的，卻是不知道今天是要做什麼？而今天或明天也並不因為多了一天，而讓書包裡多增加了什麼學問的，這是算術式上所無法解釋的；第二節末段「待何時洗棄旅塵」，是說要等到什麼時候，「書包」才能不再無謂的空度日子？或者說可以學到一點學問或者乾脆不要表象的「書包」了。

第三節，是第一、二節部分辭句的重組，有反覆之意，以加深所要傳達的理念：人對於「學習」，有些是很勉強的，有些是沒有效果的，所以不能冀望大家都一樣的，也

就是說我們只能希望人人發揮他的所長，各適其性，學習他的性向上最合適的，其學習力才能事半功倍。

8.〈夾克的盼望〉：該詩寫的是貧窮人的無奈與期盼。第一節前段寫冬天的風又大又猛又夾著飛沙的酷寒景象；為抵抗酷寒，只得挺起胸膛。後段則寫十二月的寒風蕭殺，其冷冽到了脊椎骨頭裡，若果有夾克可禦寒，那將是最溫暖我心的了；可惜，我非但沒有夾克可禦寒，兼且四周的人都是可以穿著夾克禦寒的人，相形之下，更令我感到心寒，只得自嘆自哀的讓自己的上齒與下齒相互碰撞戰慄而已。

　　第二節前段再寫有夾克穿與沒夾克穿的對比，「瞄一眼四方聚攏的夾克／夾克聚攏火舌暖了穿衣人肌膚／卻冷了穿制服單薄的我的心」；而第二節後段，則嘆出自己熱切盼望擁有一件夾克的慾望。

9.〈畫豆鬼〉：寫在鄉村田野裡的閒暇生活。十二月的台灣是枯水期，不下雨的，農民也不引水入田的，所以除了溪流裡的水以外，田野是乾裂的，而間作的雜糧如豌豆等，正好已快該收成。此時豌豆藤枝半黃半綠的，將之摘下點一把火燒了，就可以將豌豆烤熟，撥下豌豆吃，以滿足口腹之慾，還可以玩划拳比輸贏；這時是沒有時間存在的，也沒有天地存在的，所謂的天地就只在你我之間了。而那時的田野，是「風悠悠送來一股泥土芬芳／風悠悠送來一股溪流清澈」，令人無限嚮往。

10.〈地瓜湯〉：寫台灣的經濟發展，台灣人物質生活的進步：二十年前，台灣人很清苦，只能以最廉價的地瓜裹腹的，小孩子吃都吃到膩了，只希望「那時切盼吃一碗大米飯／不加地瓜簽的／只要加點醬油也不用蘿蔔乾」；而「二十年後餐餐大米飯／不能有沙石／還要雞鴨魚肉／且把三餐當義務看待」。這時的現象是：「二十年後的今天／米飯吃膩了／或者聽信營養學家指示／偶而吃些地瓜／說是即營養又防便祕」。

該詩除在陳述記錄台灣的經濟發展，同時也在訴說人的慾望的變動是捉摸不定的，即使對待地瓜這種食物，二十年前與二十年後的看法，都會截然不同。

11.〈西風〉：西風肅殺之時，是大地落葉滿地的時候，生機萎頓之時，也是窮苦人家難以度日之時，更是遊子鄉愁油然而生之季。

12.〈旅塵〉：詩分四節，每節第一行均為「每個夜晚總想親手把覆身的旅塵揮去」，自第一至第三節，均意謂結束外遊歸返家鄉；可是在今天這種都市化城市集中的後工業化時代，基於謀生的方便起見，只得依舊在都市裡夢想著故鄉，身不由己的無法成行，所以第四節如此寫著，「可是旅塵／仍駐夢裡」。

13.〈鄉愁〉：鄉愁是最讓人惦記的，也是最率性的情感；可是為了生活，也只得為「五斗米折腰」了，所以即使鄉愁

濃烈，也只能植栽於花盆的鄉土裡了。

「登山野外」輯二十一首

　　為本集第20題至第40題，內含〈拔刀爾山之行〉、〈未完成作品〉、〈硬漢，到硬漢嶺去！〉、〈浪跡‧鱷魚頭岩〉、〈獅子頭山〉、〈司公髻尾山九芎林〉、〈山淺淺的笑〉、〈鼻頭角：浪與岩〉、〈因為山在那裡〉、〈不動的瀑布〉、〈鼓聲咚咚〉、〈流山血流溪汗〉、〈幻‧地獄谷〉、〈大華瀑布與眼鏡洞〉、〈蘭嶼記遊〉、〈月世界〉、〈泰雅〉、〈30公里嚐味〉、〈泛一葉輕舟〉、〈情人湖〉、〈沙灘組曲〉等21首作品，均屬登山旅遊作品，是在記錄個人曾造訪的地方，也在鼓勵大家「開拓視野‧認識環境」，積極走入山林野外，陶冶身心，兼且鍛鍊體魄。

「童詩」輯七首

　　為本集第41題至第47題，內含〈大公雞〉、〈青蛙呱呱呱〉、〈國王和襯衣〉、〈網裡的鳥〉、〈小妹妹穿上高筒馬靴〉、〈狼和大象〉、〈春來到〉等7首作品，均屬以童稚之心寫詩題或改寫托爾斯泰寓言故事之作。

趙迺定謹識 2011.05.15

讀詩人38　PG0956

 沙灘組曲
　　——趙迺定詩集早期作品之二

作　　　者	趙迺定
責任編輯	黃姣潔
圖文排版	陳姿廷
封面設計	秦禎翊

出版策劃	釀出版
製作發行	秀威資訊科技股份有限公司
	114 台北市內湖區瑞光路76巷65號1樓
	電話：+886-2-2796-3638　傳真：+886-2-2796-1377
	服務信箱：service@showwe.com.tw
	http://www.showwe.com.tw
郵政劃撥	19563868　戶名：秀威資訊科技股份有限公司
展售門市	國家書店【松江門市】
	104 台北市中山區松江路209號1樓
	電話：+886-2-2518-0207　傳真：+886-2-2518-0778
網路訂購	秀威網路書店：http://www.bodbooks.com.tw
	國家網路書店：http://www.govbooks.com.tw
法律顧問	毛國樑　律師
總 經 銷	聯合發行股份有限公司
	231新北市新店區寶橋路235巷6弄6號4F
	電話：+886-2-2917-8022　傳真：+886-2-2915-6275

出版日期	2013年4月　BOD一版
定　　價	170元

Printed in Taiwan

國家圖書館出版品預行編目

沙灘組曲：趙迺定詩集早期作品. 二 / 趙迺定作. -- 一版.
　-- 臺北市：釀出版, 2013.04
　　面；　公分. --（讀詩人；PG0956）
　BOD版
　ISBN　978-986-5871-37-6（平裝）

851.486　　　　　　　　　　　　　　　102005311

讀 者 回 函 卡

感謝您購買本書，為提升服務品質，請填妥以下資料，將讀者回函卡直接寄
回或傳真本公司，收到您的寶貴意見後，我們會收藏記錄及檢討，謝謝！
如您需要了解本公司最新出版書目、購書優惠或企劃活動，歡迎您上網查詢
或下載相關資料：http:// www.showwe.com.tw

您購買的書名：＿＿＿＿＿＿＿＿＿＿＿＿＿＿＿＿＿＿＿＿＿＿＿

出生日期：＿＿＿＿＿年＿＿＿＿＿月＿＿＿＿＿日

學歷：□高中 (含) 以下　　□大專　　□研究所 (含) 以上

職業：□製造業　□金融業　□資訊業　□軍警　□傳播業　□自由業
　　　□服務業　□公務員　□教職　　□學生　□家管　　□其它＿＿＿

購書地點：□網路書店　□實體書店　□書展　□郵購　□贈閱　□其他

您從何得知本書的消息？

　□網路書店　□實體書店　□網路搜尋　□電子報　□書訊　□雜誌

　□傳播媒體　□親友推薦　□網站推薦　□部落格　□其他＿＿＿＿＿

您對本書的評價：(請填代號　1.非常滿意　2.滿意　3.尚可　4.再改進)

　封面設計＿＿　版面編排＿＿　內容＿＿　文／譯筆＿＿　價格＿＿

讀完書後您覺得：

　□很有收穫　□有收穫　□收穫不多　□沒收穫

對我們的建議：＿＿＿＿＿＿＿＿＿＿＿＿＿＿＿＿＿＿＿＿＿＿＿

＿＿＿＿＿＿＿＿＿＿＿＿＿＿＿＿＿＿＿＿＿＿＿＿＿＿＿＿＿＿＿

＿＿＿＿＿＿＿＿＿＿＿＿＿＿＿＿＿＿＿＿＿＿＿＿＿＿＿＿＿＿＿

＿＿＿＿＿＿＿＿＿＿＿＿＿＿＿＿＿＿＿＿＿＿＿＿＿＿＿＿＿＿＿

11466
台北市內湖區瑞光路 76 巷 65 號 1 樓

秀威資訊科技股份有限公司　　　收

　　　　BOD 數位出版事業部

....

（請沿線對折寄回，謝謝！）

姓　　名：＿＿＿＿＿＿＿＿＿　年齡：＿＿＿＿　性別：□女　□男

郵遞區號：□□□□□

地　　址：＿＿＿＿＿＿＿＿＿＿＿＿＿＿＿＿＿＿＿

聯絡電話：(日) ＿＿＿＿＿＿＿＿＿　(夜) ＿＿＿＿＿＿＿＿＿

E-mail：＿＿＿＿＿＿＿＿＿＿＿＿＿＿＿＿＿＿＿